洲浜昌三詩集

Shozo Suhama

春の残像

コールサック社

詩集

春の残像

目次

Ⅰ

Ⅱ

装画・北　雅行

洲浜昌三詩集　春の残像

I

うつむいたまま遠ざかる

一輪の白いコスモスのように
いつも　うつむいていた

葉桜の坂道で出会ったとき
白い帽子の下で
卵のようにうつむいていた

夕陽が伸びた廊下ですれ違ったとき
お下げ髪の小さな顔は
能面のようにうつむいていた

夕暮れの田んぼの細い道を
ひとりで帰って行く後姿は
晩秋の山へ吸い込まれていくようにみえた

誰もいない校舎の玄関でばったり遇い
さいなら　と声をかけたとき
音もなく遠のいていった
細い足

九月に転校してきて
九月にどこかへ行ってしまった
白い帽子

何十年過ぎた今も村の一本道を
うつむいたまま遠のいていく
白いブラウス

夕日のシルエット

何に向かって走り
何に向かって投げ
何を飛び越えようとしたのか

セーラー服に身を包むと
内気で　はにかみ屋の君たちよ
窓越しに　ぼくは何度見ただろう

タイヤを結んだロープを腰に縛り
引きずって走る
黒い影の群像

空へジャンプし
何度も落下する
夕日の黒いシルエット

君たちが捨てていった
泥まみれの汗
置いていった時間

時間の壁が聳《そび》えても
はっきり見える

君たちが
走り　投げ　飛び越えようとした
青春のシルエット

ぶきっちょなひとつの人生を

庭で　粉雪が乱れ惑う二月の午後
不意に　きみは我が家へやってきた

むかし　海が見える校舎で出会った
四十二人の中に　きみはいた
細長い顔に黒縁メガネの少年

どこまでもまじめで
はてしなくおひとよしで
べんきょうがすこしだけへたで
なんとなくぶきっちょで

そんなきみを　みんなが励まし　支えた
指名され音読が終わると　拍手が起こった
きみは　みんなのために力を尽した

小さな鉄工所に就職し
まじめに働いて認められ
縁があって養子になり　子供もできた

初めて酒を酌み交わしながら
懐しく語りあっていると
きみの目に　急に涙があふれはじめた

あの震災で　家が倒壊したという
義父に離婚を迫られたという

一年が過ぎて　電話をすると
職は決まらず
一人で暮らしているという

よかんはいつもどこかにあった
ささえてくれるものはいないか
あのときのように
少しぶきっちょな　ひとつのじんせいを

何が届いただろう　十七の心に

「父親が事故死だそうです
　伝えてください」

電話で受けたことばを
連絡用のことばに変えて
その人は背を向け　足早に去って行った
不意に銃弾を受けて
椅子に身を沈めたぼくは動けない

晩秋の夕日が射す窓の外を

帰宅する生徒たちの笑い声が通り過ぎる

決断を下して立ち上がり
一人の女生徒に連絡を頼んだ
「伝えます　陸上の練習中　あそこ」

体操服の袖で汗を拭きながら
迷惑そうな表情で　あなたはぼくの前に立った
「何ですか？」

ぼくは死刑宣告者になり　伝言をことばにする
「お父さんが　大阪で亡くなった」

整った細い顔の表面に
一瞬　戸惑いの微笑みが走り

すぐに無表情に変わって硬直した
やがて　いつもの柔和な顔をつくり
笑顔を浮かべて一礼し　足早に立ち去った
荒れ狂う巨大な竜巻を抱えて

工事中だった五階のビルから
地上へ落下したという

数ヶ月後には卒業し
父と同じ街で働くことになっていた
永遠にことばを失った父を迎えに
あなたは　長い　長い旅に発った

大勢の人が集まった通夜で
重荷に耐えてじっとうつむいている
十七歳の少女

美しい村から父を追い出し
白い骨片に砕いて返したのは何か

どんなことばも　思いが音に変わると
息とともに消えていく虚しさ

何も届かないことを知りながら
玄関口でありふれたことばをかける
「がんばろうな」

長い旅

若葉の香りが書斎へ流れてくる五月
一通の手紙が届いた
還暦同窓会　と大きなタイトル

我が還暦に非ず
昔　時間を共にした生徒たちの還暦同窓会
引き算すると　若い男女の群像が始動し
我が像もその中にある

ぼくを追い越してはならん　と言い
この世にはまだ詩があるんだぞ

と　ばかりに青春の詩を一篇　朗読し
夢を形にするのはこれからだ
と　また虚仮《こけ》の悲願を口にし
高く杯を掲げて　乾杯の音頭をとった

にぎやかに過去や現在が飛び交う最中
一人の女性がぼくの方へ近寄ってきた
手には　コピーしたばかりの一枚の紙
真っ赤な目から涙があふれている

誰かが　昔のクラス文集を持ってきたらしい
そこに　あなたの父の不慮の事故死と
あなたのことを書いたぼくの一篇の詩
長い長い旅をして　いま届いたぼくのことば

答えは吹き過ぎる風の中

あの頃　文化祭で
ギターの演奏は許可されなかった

エレキギターとの境界が崩れるので
クラシックギターも危険な同類として
暗黙の禁止圏内にあった

ギターとフォークソングは反抗と非行の象徴だった
自由　と言えば即非国民であったように

文化祭で英語のフォークソングを歌いたい

と　三人の生徒がやってきた

担当だったぼくは共鳴し
非国民の道を選ぶはめになった

即却下覚悟で　ヘッドティーチャーの説得に当たると
「そんなに言うのなら今回だけ君の責任でやれ」
と　自決容認付きの許可

否決覚悟で原案を会議へ出すと
沈黙多数で通過したが　幇助罪《ほうじょざい》は覚悟した

丘の校舎に秋風が流れる文化祭の日
三人はギターを抱えてステージに立った

Blowin' in the Wind
Five Hundred Miles
Where Have All the Flowers Gone?
Michael, Row the Boat Ashore

体育館に流れる透き通ったハーモニー
静かに伝わってくる深遠な人間賛歌
想像を裏切る素晴らしい英語の発音
感動で胸が震えつづけた

風薫る青葉の五月
日本海を右に眺め
山沿いに山陰道を走る

また思わず口ずさんでいる

五十年も過ぎた車の中で
古典となったフォークソングの名曲
あの静かな英語の反戦歌

ぼくが幇助罪に問われたかって？

答えは吹き過ぎる風の中

父がくれた腕時計

「進学したけりゃ自分の力で自由に行ってくれ」
六人の子どもがいて　五反百姓の大工では
自由が　子どもへの最大の遺産だったのだろう

それでも大学に合格すると入学金を工面し
お祝いに腕時計を買ってくれた
村ではまだ腕時計は珍しい時代だった

新宿が見えるバラック建ての部屋で自炊し
金がないときは一週間も米に醤油を掛けて食べ
口がカラカラになったこともあった

ある時は十円玉を求めて畳の間まで捜した
飯田橋駅から小岩まで四十円
そこに行けばやさしい義姉《あね》がいる

初めて質屋へ行き　腕時計を見せた
「五百円貸してください」
「駄目です」
即座に返事が返ってきた

一気に決着をつけようと　大幅に譲歩すると
「百円」
「この時計ではねぇ」
「四十円」
と言おうとしたら

何かが言葉をさえぎり
無言で店を出た

後に母に話したら　母が言った
「東京じゃ時計がいるだろういうてねぇ
広島まで行って質屋で買いんさったんよ
入学金は大工賃の前借り　半年分のね」

いつもの改札口で

間借りした家は
小日向台という高台にあった
閑静な住宅街だったが
空襲で焼けた跡に応急的に建てられた
バラックに近い粗末な木造二階建て

晴れた日には　新宿の街のはるか彼方に
小さな白い富士山が見えた

ぼくが通る道は決まっていた
高台からコンクリートの長い石段を降り

神田川沿いの長細い公園を歩いて大学へ
授業がすむと　都電に乗って飯田橋へ
四十円で切符を買い　アルバイト先の市川へ

どこへ行くのにも　一番近い飯田橋へ出た
ガードの下に乗降口が一つあるだけの
目立たない小さな駅だったが
大都会東京で一番慣れ親しんだ玄関口だった

日曜日の午後二時に飯田橋駅で会う約束をした
ぼくより先に東京へ出ていたあなたは
ぼくに一番わかりやすい場所を指定したのだろう
三十分早く着いて改札口で待った
雨が激しく路上をたたいていた

ふるさとで折々に刻んでいた顔は
おだやかなやさしい笑顔のまま心の中にあった

電車の音が近づいて止まる度に
階段を見上げ　下りてくる乗客を見つめた
三時半になっても
あなたは階段を降りて来なかった

ふるさとの話をするはずだった
夢や学ぶ楽しさを語るはずだった

数日後　小さな包みが郵便受けにあった
靴下と一緒に　一枚の紙切れが出てきた

　四時まで待ちました

小日向台まで行こうと歩きはじめましたが
　雨が強くなって引き返しました

紙切れの言葉を　ぼくは信じなかった
改札口をあなたは絶対に通らなかった

後になって　偶然
飯田橋駅には出口が二か所あることを知った
ぼくは東口しか知らなかった
あなたは西口しか知らなかったのかもしれない

空いたままの指定席

段ボール箱を整理していると
古いノートが出てきた
色あせて　かすかに残った青インクの文字
「英詩研究」　尾島庄太郎

白髪で小柄な教授が　イエーツの詩を朗読している
あの頃　詩の美しさも遠く天の彼方にあった

めくっていると　チケットが床に舞い落ち
キャンパスの公孫樹《いちょう》の並木が目の前に広がる

木漏れ日の中を　あなたが小走りに駆けてくる
「音楽は好きですか」
「好きです」
民謡や流行歌は大好きで　よく歌った

「あのカラヤンがくるの！」
弾けるような明るい声に
ぼくの中に撥《はね》るものは何もない

「二枚　手に入ったの　日曜日の六時」
ありがとう　といって手に取ると
にっこり笑って友達の光の中へ駆けて行く
白いズック

「だいく」と聞けば

父の「大工」しか浮かばないぼくに
カラヤンと聞いても　空きカンしか浮かばない

部屋代滞納一年六ヶ月
日曜日の夜もアルバイトに出かけた

忘れていたわけではない
目の前にあるものしか見えなかった

四十年ぶりに手のひらにある
二十世紀最大の指揮者
カラヤンのコンサートのチケット

空いたままの
あなたの隣の指定席

失くしたものが分からない

失くしたものは何か
と　捜しているのに

失くしたものが思い出せず
失くしたものを捜している

失くした　と　思ったものは何か　と捜しても
失くした　と思ったものが分からず　捜している

五月の陽差しを浴びて生まれる鮮やかな若葉
あの　さわやかさは　何と呼ぶのだろう

人は　言葉でものを考えるというから
失くしたものには　まだ呼び名がないのだろうか

人間は　ある年齢を境に
脳細胞が　一日十万個ずつ死滅するという

失くしたものは消滅した細胞の中にあって
空洞に残った喪失感を　捜しているのだろうか

久しぶりにあなたに会って
失くしたものを　捜しているのに

失くしたものが分からず
失くしたものを捜している

II

桜前線みちのく北上

沖縄から海を渡り　ぼくらの街を通って
北上して行った桜前線

木の芽が膨《ふく》らみはじめた早春
陽気に派手な姿で　通りはしなかったか

卒業式や入学式を祝って
はしゃいで　通りはしなかっただろうか

何万という人たちの　最期の願いや叫びを
しっかり受け止めて　通り過ぎただろうか

慎ましく　笑顔を忘れない人たちの
心の底をしっかり見届けて　通り過ぎただろうか
痛恨の涙をはらはらと流しながら
村や町や山河の空を　渡っていっただろうか
清楚な姿で　みちのくの人たちを励ましながら
北へ向かってくれただろうか

七歳までは神のうち

信号のない車道で　ブレーキを踏み車を止める
手をあげて　子どもたちが小走りに横断する
歩道に立つと　声をそろえて頭を下げる
「ありがとうございました」

いつも見慣れている光景だが
都会からきた三人の友人は
感動して小学生たちの姿を見送っている
「あんな子どもが日本には　まだいてるんやね」

ふと　講演で聞いた郷土史家の言葉が頭をかすめる

―七歳までは神のうち―
「石見銀山《いわみぎんざん》にはこんなことわざがあるんです」

自分の研究成果のように解釈をつけて紹介すると
ミキさん夫妻が　すかさず感嘆の言葉を重ねる
「子どもは神のように大切に育てられたんやね」
「さすが出雲石見《いずもいわみ》は神の国やわ」

ガイドのように雄弁になって　ぼくは喋る
「引退した坑夫には一合五勺　十歳までの子どもには
一日に三合の米が支給されたんです　子どもを
神だと思ったら　幼児虐待なんかできませんよ」

うしろの座席で黙っていたケンさんが
抑揚のない低い声で　ぼそっとつぶやく

「逆じゃないのかな」
はずんでいた会話が急に途切れ
雑木林の新緑が飛ぶように車窓を流れる

不意に落ちてきた沈黙の責任をとるかのように
ケンさんはしっかりした声で言葉を継ぎ足す
「飢饉《ききん》のとき　その言葉は救いになったんだよ」

勝源寺の坂を過ぎ　トンネルを抜けると
青空と新緑の光のシャワーが窓から飛び込んでくる
「神の国へ返すんだからさ」

坂をくだると田園が広がり
家屋が密集した仁摩の町が近づいてくる

「……生まれた子を間引くときにさ」

沈黙がつづき　風景が流れる
凍りついて　前方を凝視し
ハンドルを握りしめる

日本海の大海原が
目の前に近づいてくる

笑顔

さわやかな若葉の風が流れる初夏
遠い県外の町から案内状が届いた
「おじいちゃん　おばあちゃんと楽しく遊ぶ日」
昔流で言えば「敬老参観日」「祖父母参観日」

元気のいい園児たちの大合唱に迎えられて入場
寸劇や踊りや　なぞなぞゲームを楽しみ
一緒に絵を描き　紙飛行機を飛ばし　紙魚《かみさかな》を釣る

先生が近づいてきて　ぼくの耳元でささやく
「ユキちゃんのおじいちゃんになってください」
無表情で一人　遠い別の世界にいた女の子

「お礼の花輪を子供たちが持っていきます」
タクちゃんは　ニコニコ笑って猛ダッシュ
色紙《いろがみ》の花輪を妻の首に掛ける

ユキちゃんは　恐る恐る俯《うつむ》いてやってきて
シロツメクサの花輪をぼくの首に掛ける
「きれいな花だね　ありがとう」

「おじいちゃん　おばあちゃん元気でね」と
合唱しながら　子供たちが退場して行くとき
目で密かに「おじいちゃん」を捜し
ユキちゃんが　にっこり　ぼくへ微笑《ほほえ》んだ

紅葉《もみじ》の季節になっても
あの笑顔が脳裏に突き刺さったまま離れない

遠い風景を背負って

人に生き死にがあるように
言葉にも生き死にや長命　短命がある

姉の天照《あまてらす》へ別れを告げに高天原《たかまがはら》へ行き
須佐之男《すさのお》は大暴れして新米を祝う神殿で
「くそをまりちらした」　と古事記は伝える

腹が立っても　そこまで悪《わる》をしたことはないが
ぼくらは板張りの「せんちでくそをまり」
風呂敷を抱え　藁草履《わらぞうり》をはいて登校した

子供の頃　ほいとうがよく家を回ってきた
「うちにゃあげる金はないけ」と追い返して
怒られたことがある

「お金がない時にゃ　お米を盆に載せて
ご苦労様でございます　いうて渡すんよ
大師様が姿を変えて修業しとってかもしれんし
原爆で何もかもなくした人かもしれんからね」

「ほいとう（ほいと）」を辞書で見ると
――陪堂《ほいどう》や祝人《ほぎひと》の転ともいう　ほい　は唐宋音
僧堂の外で食事の持てなしを受けること
祝福する言葉を唱えて食物をもらって歩く者――

古事記の時代から長生きをしてきた言葉も

いつの間にか黄泉《よみ》の国へ召されてしまった

言葉は
記号や音に過ぎないのに
死語になっても
遠い風景を背負ってやってくる

最後のことば

さいごには　いいことばを残したい――
天井をぼんやり見上げながら　またさがしている
心に残り　希望を与えることば――

退職する前にも何日もさがし
暗記して壇上に立ち
思いを込めて数百人の生徒たちの前で話した
今でも覚えている者がいるだろうか
当の本人さえ覚えていない

「いい人生だった」
見回して笑みを浮かべて言うのも良さそうだ
しかし　最後まで独り善がりの人だったな
と心の片隅で思う人がいるかもしれない

「ああ、いい夫婦だったな」
徳川夢声さんのようにしみじみと言えば
感動と共にことばも　家族の歴史に刻まれるかもしれない
しかし最後までことばで現実を美化した詩人だったなぁ
と確信を与える可能性が高い

「何もかもうんざりだ」
チャーチルのように言いたいが　誤解を与えそうだ
「やるべきことをやり通した」
ネルソンのように言っても　やり残したことばかり

「死にとうない」
一休さんのように　ぼくが言えば　更に惨めな最期になる
「向こうはとても美しい」とエジソンのように言って
「天国で待ってるよ」と付け加えるのはどうか
しかし最後の妄想だと思われるだろう

「これでおしまい」ときっぱり言い放したいが
勝海舟のような胆力はない

「いろいろ　おせわになったな　ありがとう」
と言葉にしようと思いながら　ことばにならず
「はあ、ええわ」
音にならない弱い息をはいて
時間がくるのかもしれない

あなたのユズと柿

宇宙の遺志を信じ
微生物との共存を説き
薬や病院を敵のように憎み
土を愛した

化学物質を川や海へたれ流し
農薬を村中にまき散らし
トンボや蝶やメダカの姿が消えていった
昭和の高度経済成長時代
あなたは寡黙になり
飲めば雄弁になった

土を殺して金をもうけとるのは農薬や肥料会社とその手先
になって百姓へ売りつけるノウキョウだ　土の悲鳴が聞こ
えんのか　カビはカミだ　いつか天罰を受ける

あんたら欲しいだけ食べたり飲んだりする　だけぇ病気に
なる　体に必要なだけ食べりゃええんだ　夏には酸味が体
に必要　わしの弁当は夏みかん一つだ

すぐ医者へ行くけぇ余計病気になる　腸の中じゃ何百億と
いう悪玉菌と善玉菌が共存しとる　薬で殺してバランスを
崩すから体が駄目になる

原発は最も安く安全な経済発展の原動力である
と信じ込まされている時代に
最も危険で制御不可能な未完成装置だ
と大声で主張し説得し一歩も譲らず

敬遠されて　いつの間にか変人にされている

廃棄処分に困った畜産農家の堆肥を
我が家の山へ二メートルも埋め
有機質の肥料でミミズだらけの土を作り
種なしユズを植え　ミカンを栽培し　柿を育て
選別は悪だとノウキョウへは出荷せず
求める人だけへ販売したあなたは確かに変人だった

新緑が萌え立つ春　四月
あんなに嫌った病院で　医者の娘に最期を看取られて
あなたは遠いところへいってしまった

ぼくが　毎年お世話になった人たちへ送っていた
あなたの高大な宇宙観から生まれたユズと柿

山里に詩人を訪ねて

タンカを切ったように　生きのいい詩をいつも書いていた
イワミさんの詩が　同人誌にでなくなり　三年前には　年
賀状は辞退します　と来ていたので　どんな様子かと　県
境の村を車で走ったとき　更に山を登って　清流が流れる
谷間の山裾に　茅葺《かやぶ》きの一軒家を訪ねてみた

開けっ放しの玄関で　声をかけ　土間の三和土《たたき》に立って再
び声をかけると　奥の部屋から　だれだ　と馴染みのドラ
声が響いて　ふすまが滑り　目の前に　白髪の老詩人が立
ち　なんだ　あんたか　と低い声でつぶやいた

元気そうじゃないですか　いつも楽しみにしていたのにな

んで書かないんですか　と責めるようにいうと　なんのために書くだ　シメキリか　と怒鳴るようにいったあと　ことばは　いやになった　と小声が髭《ひげ》から漏れた

請け合ってくれる人がいなくて　田んぼは放置　武家屋敷風の家屋も　あちこちで雨漏り　修理しても　住人不在になれば　膨大な書籍と共に　迷惑になるだけ　ある満月の夜　山里の農家で　白骨発見　ははははは

子どもさんは　と聞くと　正月に　孫をつれて帰ってきたが　再会を喜び　愉快に酒を飲んでいたとき「馬鹿たれが！」とテレビの画面に向かって　ひとこと吐いたのをきっかけに　修羅場になったという

「国のために尊い命を犠牲にした英霊に尊崇の念を表し御霊安らかなれと手を合わせるためにお祈りをした」

どこが悪い！　死んだら敵も味方もない　みんな　神様だ
日本人の深い思いやりだ　文化だ！　と猛反撃

「足を踏まれた人たちの気持ちも考えないとね」と控え目
にいうと「諸外国も含め　すべての戦争で亡くなった人た
ちのためにお祈りした　戦争の惨禍や苦しむことのない時
代のために不戦の誓いをした」最高の言葉だ！

「美しい言葉は　最も危険なのだ　そんなに祈りたければ
深夜こっそり行け　家で祈れ」と　反論したら　高校生の
孫娘が　ふと　かわいい瞳を上げ「それじゃ意味ないよ」
といったので　深い意味を説明し始めると「ひつこいよ」
と軽い言葉が　返ってきて　また　現実が　言葉を砕いた
言葉は　ますます　浮力を失い　暗黒の大海へ沈んでいく
のだ　いわんや詩の言葉においておや　だ　イワミさんは
つらそうに言い　お前はどうなんだ　と　怒鳴った

詩人が不登校になった

激しい風が吹く夜　贈られてきた　難解な詩集を便座で
読んでいると　電話のベルがまた鳴った　三度目だから
緊急の用件かもしれない　と仕事を中断して　電話にで
ると　タクシーを回したからすぐに来い　と大和猛士《やまとたけし》さ
んの声　仕事があるので　と渋っていると　エンジンの
音がして　玄関前が明るくなり　お宅ですね　と名前を
確認され　はい　と言って乗ると　橋を渡り　初夏の田
園を抜け　路地を走り　居酒屋「水車」の前で止まった

いったいどうなっとるんだ今の学校は　と猛士さんは顔
を見るなり　怒声を浴びせてきたので　思わず　すみま

せん　と言ってしまい　後悔していると　急に弱々しい
声で　まあ飲もう　とコップに　ビールを注いでくれた

講師が出来る人はいないか　と相談を受けたので　先輩
で経験豊富な　退職百姓詩人　猛士さんへ頼みに行くと
奴隷は卒業した　と素っ気なかったが　三ヶ月だけ昔の
杵柄《きねづか》で　と懇願し　一週間目に　やっと承諾してくれた

久しぶりの授業で　張り切って教室に入ったら　誰も席
についていない　あちこちで甲高い大声　必要以上に大
きな笑い声　始めるぞ　と言うと　のろのろ動き始めた
が喧騒は止まらない　うるさい！黙れ！　大音声を張り
あげた直後　先生　気分が悪くなったので　休ませてく
ださい　と一人の生徒　つづいて　もう一人　また一人

授業の後　職員室へ呼ばれ　なぜ怒るんですか　と四人
の血走った八つの目　頭ごなしに怒鳴らず　なぜ席につ
かないか　気持ちを先に聞いてやって欲しい　と若い担
当教師　新発見の感動と足と頭が逆さになった驚愕と動
揺と不安と憤怒が　黒褐色の大洪水の如く渦巻き　溢れ
堰《せき》を切り　絞首刑直前者のように　虚空を見つめている
と　今はそういう時代なのです　と柔和な　優しい笑顔

お前はどうしとるんだ　不意に　矢が飛んできて　言語
中枢に突き刺さり　脳梗塞に罹《かか》って　ぼ　ぼ　ぼ　くは
いいかげん　な　せんせい　だから　やっと絞り出すと
お前は　無限許容教師だからな　おれは　明日から登校
拒否だ　と宣言し　おれの善意は　みな悪意に変えられ
る　と呟《つぶや》いて盃を口にし　急に　水車の音だ　と言った
まま沈黙　昔　居酒屋の前に　清流が流れ　大きな水車
がゆったり　回っていた　という

時間と位置

肩を叩かれ　目を開けると
警官が二人立ち　腰にピストルがある

ぼくの体は
暖かい布団の中にあるはずだった

不安が　一気にぼくを正常化する
「どうしたんですか？」

「行き先不明で　ここへ連れてきた」
運転手は　投げやり気味に言葉を吐く

市川駅から電車に乗ったことがある
「ツギハ　イチカワ　イチカワ」

思考停止状態で　懸命に自分の位置を捜す
何故　乗ったばかりの駅へ向かっているのだ

「ここはどこですか？」

ある日　熱い鉄板の上で目が開き
炎の中で　位置を確認しようとすると

運んできた人たちは
お茶を飲みつつ　談笑しているかも知れない

ひよこの解釈

秋の彼岸市で
おまえたちは　ひよこを買ってきた

黄色い毛玉の小鳥に　ピーコと命名している
そばを歩くと　足もとについてくる
走ると転がりながら懸命に後を追ってくる

「ひよこは　そばで動くものは何でも親鳥だと思い込む
それは『刷り込み運動』というんだよ」　とぼく

朝から真夜中までピーピー鳴く

「母さんがいないから寂しいんだね」と
寝ずに世話をしている

おまえが幼稚園から帰ってきたとき
ひよこがいなくなっていた
家の内も外も捜しても見つからない

「ピーコ　ピーコ」と泣きながら
畑や土手の雑草の中を捜して歩く
陽が沈むと　涙を流して窓から外を見つめている

「弱いものは強いものに殺される
虫はひよこに　ひよこは猫に　猫は狐に
狐は人間に　人間は鉄砲や車や菌や　戦争で」とぼく

朝　ピーコがいない籠を見て　また泣き始める
いい加減あきらめろ！
と声が出そうになり　危うく抑えた

ある日　おまえたちが姿を消したとき
ぼくの頬に大粒の涙が　いつまでも流れるだろうか
生に死はつきものだ　と
すでに五歳の命を解釈してしまっていないだろうか

礼節

「道端でシッコをする時ゃ三回唾《つば》ぁ吐いて
　ちょっとごめんなさい　言うんだよ」

迷信だと思いながら
何故か子どもの時から守ってきた

世界一豊かな国のビルが崩れ落ち
神と神が正義を掲げて激突し
泥沼の戦いが始まった　美しい紅葉の秋九月

「自然に優しく安上がりで安全」と

小さな島に作りあげた神話が吹き飛んだ
さわやかな日本の若葉の春三月

人を神に仕立てて戦った国の子孫である僕は
ますます無神論者になる

ある日　ふるさとの晩秋の森の社《やしろ》で
出会った筆書きの和歌一首

―目に見えぬ神は何処《いづこ》と人問《と》わば
　神は水なり火なり土なり―

縄文人と弥生人の混血児であるぼくには
これこそ懐《なつ》かしい

母の言葉は
大地への礼節だったのだ

縁先に象がいる

濡れ縁を右に折れると
丸太のような太い鼻が突き出ている

「あの家では象を飼っていた？」
「いくら大会社の重役の邸宅だといっても
　象なんか飼うはずはない」と母はいう

しかし　縁を直角に折れて一間ほど右へ行くと
庭から象が　巨大な鼻をこちらへ伸ばしている

東京で　母が女中奉公をしていたとき

三歳のぼくを連れて行ったという
上野動物園で見た象ではないか　と母はいう
「象の檻《おり》の前に　濡れ縁があった？」
「そんなものはない」

「絵本で見た象ではないか」という
それも違う
庭を右に眺め　軒下の濡れ縁を直角に折れると
そこに象がいるのだ

どこから来たのだろう
何十年も縁先に立ったまま
象は逃げようともしない

Ⅲ

石見銀山《いわみぎんざん》　五百羅漢

石の反《そ》り橋を渡ると
羅漢さまの静かな岩室《いわむろ》がある

父や母や　夫や妻や　愛しい我が子が
安らかに眠りますように

はるか江戸時代に　人々が込めた
深い祈りの石仏《いしぼとけ》

羅漢とは――
「最高の悟りに達した聖者」と辞書にある

それにしては

「てめえらぁ　それでええんかや！」と目をむいて怒鳴る羅漢
「うちの　にょうぼうのやつがのぅ」口を曲げて愚痴をこぼす羅漢
「助けちゃんさい　頼むけぇ」天に号泣する羅漢
「わしゃ　はあ知らんで」膝を深く抱える羅漢
「ありゃ　ぼけてきたかいのぅ」ふと　頭に手をやる羅漢

静かに瞑想する数多《あまた》の尊者の中に
悟りとは遠い数体の羅漢

石見《いわみ》の国　福光の石工《いしく》は
うっかり本音を刻んだのかもしれない

＊羅漢の説明　日本国語大辞典より

石見銀山　人口二十万人

土に帰ろうとしていた石見銀山の遺跡が
平成十九年に世界遺産になった

どこで誰がいつカウントしているのだろうか
次の年には八十一万三千二百人が訪れたと新聞にある

細長い街並みが　新緑の雪崩に埋もれそうな六月
ホンジョウさんを案内して
標高五三七メートルの仙の山の頂きに立った
山頂一帯は石銀《いしがね》といい　「石銀千軒」の名が残っている
足下では坑道が　東西南北上下左右斜めに空洞をつくり

深い闇を抱えて横たわっている

「最盛期には二十万人もいたって本当ですかね？」
眼下に波打つ中国山脈の山並みを二人で眺めていたとき
不意にホンジョウさんが不審そうな目を僕に向けてきた
「慶長のころ江戸は十五万、京都は三十万、大阪は二十万と
いいますよね。こんな山の中に二十万なんてあり得ない！」
ぼくが非難されたかのように　思わず身を固める

二十万は多い　しかし記録は強い
江戸後期の文化十三年に代官所の役人・大賀覚兵衛は
「銀山旧記」の中に書いている
「～慶長の頃より寛永年中大盛士稼*の人数二十万、一日米穀を費
やす事千五百石余、車馬の往来昼夜を分かたず、家は家の上に
建て、軒は軒の下に連なり～」

千人以上の労働者を使い　銀山を経営した山師の安原伝兵衛は
慶長十年に書き残している
「国々人群集二十万余」

この二十万に対抗する記録はまだない
米の消費量から計算して　十万という学者や
他の都市との比較研究から　五、六万説
佐渡金山と比較して　二、三万説を唱える研究者もいる
カウントした者はいないのだから　説は自由　永遠に霧の中だ

後世の混乱と非難を防ぐために確かな数字を記しておこう
「平成二十一年六月二十日現在　大森の人口四〇一人、世帯数一九一、
空き屋七十軒、小学生十人、六五歳以上高齢者数一五三人」

＊大盛士稼…大森の武士や労働者

石見は何もない空白地帯

遠いフランスから　はるばる石見の我が家へ
カルロス夫妻がやってきた
メリーズは　キリッと引き締まったフランス美人
カルロスは　陽気でたくましい赤ら顔のラテン系

若いとき　ミノルタカメラが欲しくて
ドイツまで出稼ぎに行った　というカメラ狂
フランスで手にした日本観光地図では
この辺《あた》りは空白で　何も書いてない　という

三瓶山から　刻々変わる日本海の夕焼を撮り続け

火山で埋もれた四千年前の埋没林にシャッターを切り
山裾の露天温泉に身を浮かべて　浮世を忘れ
ヴェリィグッド　と我が妻の日本料理と酒を味わい
タタミマットの上のセンベイフトンで熟睡し

江戸風情の大森の街中を　秋雨に打たれて共に走り
石見銀山世界遺産センターのヒノキのホールを抜け
輝く銀貨を眺め　銀山争奪戦絵図の前を過ぎたとき
突然　カルロスが大声を上げた
This map's Portuguese!

ヴァスコ・ダ・ガマに出会ったかの如く興奮し
日本地図の「AS MINAS DA PRATA」を見つめている
大航海時代　世界の銀の三分の一を産出し
石見はヨーロッパの　「銀鉱山王国」だったのだ

カルロスの生誕地は　ポルトガルだった
英語の教師だったが　当時戦争を嫌って故郷を脱出
芸術の都　パリへ移ったという
カルロスは　石見の空白から
生れ育った遠いふるさとを
じっと見つめている

なんでマブいうんやろ

仙の山の内臓は　蟻の巣のように曲がりくねった穴だらけである
初代奉行大久保長安が　馬に乗って入ったという大きな間歩《まぶ》から
這いつくばって掘った　小さな間歩まで六百以上あるという

むかし「イレブンＰＭ」という人気のあるテレビ番組があった
深夜ワイドショウの走りで　政治経済から　エロの限界まで扱い
「エロブンＰＭ」ともいわれたが　一日最後の愛好番組だった

ある夜　我が町島根大田の郷土史家で詩人イシムラさんがゲスト
で登場　直木賞作家・藤本義一さんと対談し　石見銀山の歴史を
縦横に語り　質問に答えた

「なんでマブいうんやろ」と聞かれ　我が町の詩人は答えた
「当時の人たちは　銀が出る山を　神聖な女体とみなしたのです
マブはその聖なる女と密通する間夫から　そう呼ぶようになっ
たのです」

作家も感動した面持ちだったが　それ以上にぼくは深い感銘を受
けた　マブは　古来の日本人の自然観から生まれた言葉なのだ！

世界遺産に登録されてから　ある講座で　なぜマブと呼ぶのかと
質問があった　ヒヤヒヤして待っていると　学者は答えた「東北
地方では　山の端や崖のような荒れ地を　マブと呼ぶのでそれが
語源だろう　といわれています」どんな本にもイシムラ説はない

秋の陽が大森の狭い谷に降り注ぐ午後　龍源寺間歩の入り口で観

光団と一緒になった　「マブとは何んですか」と一人が質問した
「坑道のことです」とガイドさんが答えると　忍び笑いが広がった　この人たちにはマブの響きに特別な意味があるにちがいない

名番組・イレブンＰＭで　堂々と全国へ語った我が町の詩人と同じ響きかもしれない　時代の流れや　新しい文化の洗礼を受けず
日本の山奥の片隅で　密かに生息していた言葉かもしれない

古代へ帰った港　古龍

日本海の荒波を遮断した細長い入江は
両岸を緑の樹木に囲まれ　藍色の水を湛えて
ひっそりと横たわっている

ここには
船もない
家もない
人影もない

石見の守護、大内氏の「大内義隆記」に
「唐土《もろこし》、天竺、高麗の船が来た」と書かれ

銀鉱石を博多や朝鮮へ運び出した港　古龍

大航海時代に世界の銀の三分の一を産出し
ポルトガルの古地図に記された国際鉱山都市
「銀鉱山群王国」

「士稼の人数二十万人、一日米穀を費やす事
千五百余石　車馬の往来昼夜を分かたず」
と「銀山旧記」に書かれた石見銀山

豊かな海に恵まれ
太古から　大陸の文明を受け入れてきた島根
その中央で　世界に開かれていた日本の表玄関
湯里の古龍
馬路の鞆《とも》が浦

温泉津、沖泊《おきどまり》

無数の湾や入り江を抱え東西に長くのびた島根
そこに九十の港があり国で三番目に多いという
その中に三つの港はない

「古龍千軒」といわれた港、古龍は
一足先に古代へ帰ってしまった

＊

あの雲の下

さわやかな八月の朝
二人で陣地取りごっこをしていた
中国山脈の盆地の小さな村の庭

ドォ〜〜〜ン
地から湧き出たような鈍い音が響いた

家の中へ駆け込み
二人で居間の片隅にうずくまった
五歳のぼくと四歳のノブちゃん

雲ひとつない上平山《あげひらやま》の上空に
灰色の雲が滲《にじ》むように広がっていた

「入道雲たぁ違うで」
大人も集まってきて　遠い雲を眺めた
異様な音　異様な雲

あのとき見えなかったものが
日ごとにはっきり見えてくる

雲の下の生き地獄
戦争の構図

空にそびえる草原

「空まで草原《くさはら》だ！」

松林の樹間を通り抜け
頂上まで広がる草原が目に飛び込んで来たとき
山の常識が砕け散った

「全山が芝　根笹でおおわれ
世界的にも貴重な草原風景の美しさ」

昭和三十八年　この山が
国立公園に指定された根拠の一つだという

「昔の面影はまったくない」

平成三年　この山を再び訪れた
ある国立公園指定審議委員は語ったという

わずか三十年の間に何があったのか

牛の姿が広い草原から消え
雑草や雑木が伸び伸びと生え
山頂近くまで杉やカラ松が植えられ

貧しかったこの国は
世界第二位の経済大国になった

牛の放牧は江戸初期にはじまるという

会津若松藩四十万石の大名・加藤明成
お家騒動で処罰を受け　所領を返上し　お国替え
長男・明友が　石見国吉永藩　一万石の大名となり
殖産興業の一つとして　三瓶山の放牧をはじめた

明治元年　三千頭
昭和三十三年　千七百六十六頭
昭和四十八年　百三十一頭
と記した書物もある

標高一一二六メートル
山頂までつづいた美しい風景は
牛と人と大地が生み育てた草原だったのだ
四百年近い歳月をかけて

ここに藁《わら》ぶきの農家があった

樹齢五百年の柿の木の大木が
空高く　みどりの葉を広げている
その下に　むかし
ペンペン草やコケが生い茂った藁屋根の
農家があった

六人の子どもが　そこで生を受け
太平洋沿いの街で　無差別爆撃が激しくなると
ペンペン草の家は十三人にふくれあがった

家の半分は牛の親子が住む駄屋《だや》

残り半分は人が住む四つの部屋
居間　上手《かみで》　納戸《なんど》　勝手《かって》
縁の下には夕方　鶏《にわとり》が集団で帰ってくる

正面の重い板戸を引くと
でこぼこした二間巾の土間
右に大きな籾櫃《もみびつ》　石臼《いしうす》　味噌桶《みそおけ》　漬け物桶《おけ》
左に居間の上がり框《かまち》　竈《くど》　天井裏への木梯子《きばしご》
登れば天棚《あまだ》に不気味な原始の闇が淀んでいる
土間の突き当たりに　板の流し台と大きな飯銅《はんどう》
見上げる天井は竈《くど》と囲炉裏《いろり》で煤《すす》け黒光りしている

五反百姓の稲の収穫は脱穀と同時に
小作料と借金の返済で大半が消えたという
ああ　父や母は　どうして

飢えた子どもたちの腹を満たしたのだろう

戸車のついた戸を開けて駄屋にはいり
閂《かんぬき》から頭を出したベコの喉をなでて表に回ると
破れ放題の障子の中から
賑やかな笑い声が聞こえてくる

しゃきらもなぁ　いっこくもん

小《こ》まぁ時から　いっこくなところが　あったが　自分のしまいこぐちも　しゃきらもなぁことぉしたのぅ　葬式ぅ　すましてから　みんなしに　ハガキで知らせるたぁえてんげもなぁ　ちゆぅて　みんなしゃ　たまげとりんさる

田舎の里にも　言わんこぅに　おとどいにも　親戚にもまわりの家のしにも　知られんように逝って　四角い箱ん中へ入って　また　そおっと　家へもどってきた

子供んときから　忍者ごっこやら　かくれんぼが好きだ

ったよのう　大きゅうなっても　やくたぁもなぁことぉして　たぶらかしたり　ひょうげたりして　人ぉ喜ばすのが好きだったが　最後の別れにも　やるたぁのぅ

ハガキぅもろうて　田舎じゃ大騒ぎだことよ　気の内が知れんちゅうて　意地ぅこくもんもおりゃ　すぐみんなで行かにゃ　いけんいうもんやら　いま行っちゃ　あんたの気持ちぅ　踏みにじることんなる　ちゅうもんやらのぅ

去年の盆に　ひょこっと　一人で　もどって来たよのうあん時　知っとる人の家ぉ　みぃんな　回ったげなのぅいつもと変わらん　笑顔だったけぇ　誰んも気がつかんだったが　最後の　いとまごいだったことに　今頃んなって　気がついて　みんな　涙ぁ流しよる

あんたと　あんたの奥さんだけが　知っとったんよのぅ
何遍も腹ぁ切って　はあ　切るとこがなぁちゅぅことぉ
そがぁな体で　田舎へ来てくれたんよのぅ　なんにも知
らんだけ　ろくに挨拶もせんこぅ　別れてしもうた

庭に植えた　菊菜の若芽が　伸びていくのぉ　二人でな
がめとったちゅうが　あんたぁ　笑顔をみせて　おもし
ろいことぉ言うて　ひんごて　濃ゆぅなっていく闇ぅ
見つめとったんよのぅ　おらび声ぉ　殺して

人を　悲しませたり　煩わせたりしとぅ　なかったんよ
のぅ　春の午後　木の陰で　花びらが　ひとひら　静か
に土の上ぇ　帰っていくように　なにげのう　目のくら
むような深い淵ぅ　超えようと　したんよのぅ
いっこくに　みんなしにゃ　笑顔だきょぅ　残して

ぼくの中の草原

どこにでもある草原《くさはら》であった

四月三日の節句がくると
ぼくたちは重箱をかかえ
村が見下ろせる台地の枯草で食べた

枯草のにおいと　あたたかさが体を這い上がる
風の中に　遠い残雪を渡って来た冷気が流れる

太古の昔　この盆地は湖だったという
小高いこの台地は白い砂浜が伸びる

波打際だったかもしれない

県境にまたがってそびえる上平山《あげひらやま》と
寒曳山《かんびきやま》の頂に雪が光っている

母の手作りの野菜の煮物やゆで玉子や
うさぎのリンゴや　巻きずしを交換して食べる
枯草の上で相撲をとる

やがて　広い郡内を一周した駅伝の選手たちが
長い坂を下って　町の中心街へもどってくる
ぼくらは決勝を見るために町へ走って行く

ぼくの中で輝きを増す
石見山地の

小さな盆地のはずれの
小高い台地の
小さな草原

水車があった村

中国山地の小《こ》まぁ盆地の村だったが　亀谷川から水ぅ引いて　どこの家にも水車があった　添水《そうず》いうて呼んどったが　近くぅ通りゃばしゃばしゃ　ばしゃ　ばしゃ　水の音がして　ギーコトン　ギーコトンちゅうて　ひんごて杵《きね》の音がしよった

うちの下《しも》の　井坂《いさか》の家の水車ぁ　水量が多いけぇ　背丈《せたけ》の倍もあるどでかい水車で　商売にしとりんさった　川の上《かみ》の可部広屋《かべひろや》の水車ぁ水路の勢いがあって　速よう回った　田んぼの中の　谷田屋のはゆっくり回っとった　山裾の上新屋《うえにいや》のは　道のすぐそばに　あったけぇ小屋の中の杵が動くのを見るんが　楽しかった　すぐ後ろの紺屋《こうや》にゃ　なかったが　上新屋のを　使わしてもろうとりんさった　熱田屋《あつたや》ぁ本家

の袋地《ふくろじ》の大きな水車と一緒だった　前新屋《まえにいや》にも新屋《しんや》にも背丈くらいの
水車があった　うちの前の川手屋の水車ぁ　水路から引いた樋《とい》の水で
回っとった

水車がなかったなぁ植田屋《うえたや》だけ　米やら蕎麦《そば》ぁ　大八車へ乗せて井坂
へ持って行って　金《かね》にょう出して　搗《つ》いてもろうた　豪儀《ごうぎ》な水車のあ
る家《いや》ぁ　金持で　水車が無《な》ぁ家《いや》ぁ　貧乏なんだと　植田屋の子の僕《ぼか》ぁ
大八車ぁ引っ張り　引っ張り　いつんも思うとった

水まかせで　のろまで　マイペースで　悠長な水車ぁ　いつの間にや
ら　どこんにも　無ぉなってしもうた　効率が悪《わり》い物《もな》ぁ消されていく
が　このまんまで　良《ええ》んかいのう　ここへ　水車ぁ据《す》てみたいのぅ
亀谷川の上流から　樋《とい》ぅ引いて　植田屋の屋敷跡の背戸《せど》へ　大きな水
車ぁ

虚仮《こけ》の風景

病室のベッドで　雲を眺めるはめになった
緑の濃い夏の日　『虚仮《こけ》の一念』が届いた
題字が金色に浮かんだ詩集を手にして
「虚空の一念」と直感した
—思いが肉体を離れ　空の彼方に浮かんでいる—
よく見ると　虚空ではない「虚仮」
「仮の虚」とはなんだろう
仮病　仮設　仮名　仮死　仮定　仮面　仮設……

―見えるものは仮の姿　真実は別のところにある―
と言いたいのか

「おまえのちびさん　なきむし　よわむし　いんきんたむし」
半ズボンの日焼けした少年たちが　川向いの崖から
大声で何度もはやしたてた

洗濯中の祖母が腰を伸ばし　鬼の形相で怒鳴った
「そがぁに　この子を　こけにすりゃ　しごぉーするぞ！」
一瞬　映画の一コマのように脳裏を横切った風景

いつも控え目で　もの静かな明治生まれの白髪の祖母
孫が入学し　急に学校へ行くのをしぶりはじめると
一緒に登校し　終日　そばに座っていた

何十年も風景の中に埋没し
耳の深い谷底で眠っていた「こけ」

さわやかな風が　木陰に流れ始めた秋
『虚仮の一念』の詩人が帰ってきた

紙の上に　思いもつかない文字を次々置いて
ぼくを躓《つまず》かせ　置き去りにし　迷宮へ放置し
忘れていた原郷へ立たせてくれる詩人

時間の彼方へ置き忘れていた川辺の風景
岩をも通した祖母の虚仮の一念

＊詩集『虚仮の一念』日和聡子著

Ⅳ

野道を行くと蝶になり

玄関の戸が開くと　急いで出迎ぇ
よちよち歩きの孫を抱き上げる

「またでたねぇ　よかった　よかった」
メロディをつけて話しかけ　オシメを取り替える

あのころ　子どもたちへ何を言っただろう
「はやくはやく」「またやった」「だめ」

流されまいと　懸命に抜き手を切り
急流を泳ぐ　若いあなたの姿が浮かぶ

広告の紙で二羽の鶴になり
大空へ舞い上がって　雪のヒマラヤ山脈を越え
湯舟に乗って
歌いながら二人で銀河を渡る
玄関を出ると
靴が鳴って歌になり
手をつないで野道を行くと
チョウチョになって　菜の花畑で舞う
失って　自由になり　いま　犬　猿　雉を従え
あなたは　勇ましく　鬼退治に出かけるところだ

流人のように草を抜く

ふと　懐かしい笑顔が浮かんできて
ハンドルを切って　田んぼの一本道へ入る
山裾に　あの藁葺《わらぶき》の家はあるだろうか

無口だったお歯黒のおばぁさんがいた家
「兄さん」と呼んでいた話し好きな叔父さんの家
色白で都会風美人の優しい「姉さん」の家
泊まりに行くのが楽しみだった藁《わら》屋根の小さな家

車を降り　庭の雑草を踏んで正面に立つと
そこは廃屋

雨戸が閉まり　玄関にはベニヤが打ち付けてある
三人の子供たちはどこへ行ったのだろう

墓へ参って帰るか　と
小川の清流に沿って　雑木林の山道を歩く
山腹の墓地には　新しい墓石が建っている

手を合わせ
伸び放題に繁った雑草を抜く

小さいときから可愛がってもらいましたね　傷痍軍人になっていつも蓄音機を聞いていましたね　あの歌はいまでも覚えていますよ　入学や卒業　結婚　子供たちの誕生　その度にお祝いや記念品をいただきましたね　普通のことだと

思っていたことが　普通じゃないことが今になって分かってきました　最後まで何のお返しもしませんでしたね　病気の見舞いにも行かず　別れの挨拶もせず　今ごろになって　墓地の草を抜いても何の関係もありませんよね　兄さん

真夏の太陽が照りつける墓地で
一本一本草を抜く
腰を曲げて草を抜く
孤島の流人《るにん》のように草を抜く

澄みきった晩秋の空に

山際《やまぎわ》まで澄みきった晩秋の空に
鈴なりの熟柿《じゅくし》が　たわわに垂れている
立ち止まると　遠い痛みが蘇る

この家でも柿を食べる者が誰もいない
カラスの群れも悠々と大空を過ぎていく
そのうち落下し　土にかえるのだろう

我が家の背戸《せど》にも　きねり柿の大木があった
江戸末期　慶応生まれの祖父がよく話していた
「毎年ようけ生《な》ってくれるけぇ家《うち》の宝だ」

みんな貧しかった戦後のあのころ
村の子どもたちが木に登り　木の下に群がった
近所の家には　そうけに入れて配った

四国から　縁者もいない遠い石見の村へ嫁いだ母は
若い時お世話になった人たちへ柿を送っていた
ぼくも竹竿《たけざお》で柿をとり　荷造りを手伝った

名物や産物もまだ村にはなく
お土産に手渡したり　お礼に贈る物がなかった
柿は唯一の贈り物だったのだろう

庭にコスモスが咲き乱れた晩秋の寒い朝
郵便屋さんが大きな肥料袋を玄関に下ろした
出てきたのは縄をかけた懐かしい段ボール

饐《す》えた異臭　滲み出た茶色い汁
段ボールの中には　つぶれた熟柿

宛先不明だったのか
住所記入ミスだったのか
受け取り拒否だったのか

目的地を求めてさ迷いながら　盛りを過ぎ
惨めな姿を袋に守られ　返ってきた我が家の宝
同じ姿で無事に届いた柿があったかもしれない

山際まで澄みきった晩秋の空に
鈴なりの熟柿がたわわに垂れている
立ち止まると　遠い痛みが蘇る

張家口《ジャンジャコウ》の崩れたレンガ塀

ポプラの綿毛が雪のように舞う
五月の古都　北京
そこから汽車に乗って
北西二〇〇キロの町　張家口《ジャンジャコウ》をめざす

そこは　モンゴルとの国境の町
北方の山並みに　万里の長城が延々とのびる町
八十歳の義母《はは》が義父《ちち》と過ごした青春の町
七月二十五日に生まれたばかりのあなたが
三週間後に敗戦をむかえ
はるか日本へ逃避行をはじめた町

義母《はは》の遠い記憶を頼りに
張家口《ジャンジャコウ》の町を歩いても
満州鉄道病院の建物は見当たらない

新しくなったビルの前に立っていると
仙人のような長い髯《ひげ》の老人が
中国語で話しかけてくる

「このビルの裏に昔の病院があった」
王さんが流暢な日本語に変える
ビルの裏へ行ってみると
赤茶けて崩れかけたレンガの塀

戦争孤児にならず

日本海に捨てられず
今　五十五年ぶりに
生まれた病院のレンガと再会

「ふるさとに乾杯！」
缶ジュースを
五月の張家口《ジャンジャコウ》の空高く掲げると
急にあなたの顔が崩れ
涙があふれて止まらない

おまえのかあさん

意地を通して　三対一になって孤立し
日暮れの田舎道をうつむき加減に帰りながら
背中で聞く囃し言葉の合唱は心臓をえぐった
「おまえのかあさん　でーべーそ」

なぜぼくの臍《へそ》を攻撃せずに　母の臍をののしるのか
聖地を汚辱することが　致命的だと知っているのか

まあちゃん　まんまる　くそ　ひって
かみ　がないので　て　でふいて
もったいない　から　たべちゃった

愛しい思いを　三十一文字《みそひともじ》の和歌で伝えたように
けんかの悪口も　韻を踏んだメロディ付きの定型詩

最大の侮辱を全身に浴びて
まあちゃんは　涙をぬぐいながら走り去り
一本道の真ん中で毅然と振り向き
「おまえらの　かあさんでーべーそ」

大声で一矢報《いっしむく》いて
わら草履を回転して　一目散に走っていく

今日は多勢についた
ぼくや　みっちゃんや　としちゃんや　いいちゃんでも
あしたは集中砲火を浴びるかも知れない

みっちゃん　みちばた　くそ　ひって
かみ　がないので　て　でふいて
みっともない　から　たべちゃった

山野を走って戦争ごっこ
椿の巨木でターザンごっこ
集落一週マラソン大会
田んぼの中の阪神巨人戦
相撲　パッチン　缶けり
釘立て　陣取り　追っかけっこ
かくれんぼ　なば取り　木の実とり
水浴び　つけ針　魚取り　竹スキー
川のプールでオリンピック
雨が降る日の神楽舞い

兄弟以上に　いつも一緒にいたのに
みんな村を出て　どこへ行ったのか

六十年以上過ぎた今日
はじめてうわさを聞いた
まあちゃんが死んだらしい

長いあいだ難病で苦しんでいたという

いつものように電話が鳴る

いつものように夜七時のニュースを見る
四月二十九日なので
いつものように国の象徴が画面で手を振っている

いつものように電話のベルが　玄関で鳴っている
電話をつけた頃　競って受話器に突進した子供たちは
平然とカレーライスを食べている
どうせあんたよ　と顎で示して妻は動かない

「気がついたら　すぐ実行！」

いつものように効果がない金言を吐いて立ちあがり

いつものように下駄箱の受話器を耳に当てる
「ウエタヤガ　モエトルデナ！」

一気に　眠っていた能力が開花したかのように
てきぱきと命令し　きびきびと動き出発する

アクセルを踏む右足の膝が意味無く震える
内臓が重量を失って体が浮き上る
考えたこともない　ふるさとへの帰省ドライヴ

「横浜のミナミ様　おうちが燃えています　至急お帰り下さい」
一瞬湧き上がった笑いとどよめきが　即座に消えた
早慶戦の最中に球場に流れた場内アナウンス
ミナミさんは　どんな顔で電車の中に立っていたのだろう

十三年間　父はベッドに寝たまま
いつもストーブが　そばに置いてあった

巨大な絶壁が目に飛び込んでくる
トンネルの黒い闇に突っ込む

手術で視野が狭くなった母が
慣れないガス湯沸器を爆発させたかもしれない
（こんな永遠の別れは残酷すぎる）

空想が追い詰められ
現実との距離が正確に縮まる

目の前で　ウエタヤが燃えている
煙突の過熱で　炎が屋根から吹き上がっていた時

突然　男たちが大声をあげて部屋へ飛び込んで来たという
「おまえら　なに何ぅするんなら！」
青年たちは　寝ていた父を盗賊の如く運びだした
近所の家で　野球の祝賀会をしていたのだという

次の朝　大勢の人が来て片付けが始まった
パワーシャベルが的確に焼け残りを打ち壊す
そのとき　瓦礫の中から縁色の蛇が出てきた

まるで全員の避難を確認した船長のように
焼け跡の黒い瓦礫の上をすべって行く

敗戦の焼跡に立つ兵士のように
鍬を持つ手を休め　さわやかな春の風に吹かれて
悠々たる船長の姿を見送っている

いびしい花

「ハ　ハ　ハナ　ハナガ　ナ　ナーイ！」
追い詰められた猛獣のような激しい声に驚き
庭から客間へ駆けつけてみると
絞り出すようにうめき声をあげてわめいている
「ハナハナ　ハナガ　ナイ　ハナハナ！」

そういえば　いびしげなスイバの大きな束が
掛け軸がある床の間の前に置いてあった
保育園の散歩で抱えるほど採ったらしい

夏になると　長い茎に赤褐色の小花が
密集してもぐり付いて咲くスイバ
きれいな花だと思ったことはなかった

いびしいもの
野菜にもぐり付いたアブラムシの群れ
石の下に群棲しているダンゴムシ集団
寝ている間に顔を這って行ったムカデの足

床の間の花瓶に　四季の花が絶えなかった
花が好きなおばあちゃんに活けてもらおうと
置いていたのに　誰かが捨てたらしい

秀峰富士山を背にして
すっくと　立つはずだった
ダイヤモンドの小さな粒の花

また来るけ、お母さん

ありゃぁ去年の春だったかいねぇ
冬だった？
いんや　夏だったかもしれんねぇ

秋にゃみんなで白寿の祝いをしたよねぇ
その前だったような気がするけぇ
夏だったかもしれん
久しぶりにお母さんのとこへ行ったのは

寝とりんさる耳元《みみんもと》で　大きな声《こよ》ぅだぁて
「さんなんの　しょうぞうが　きたでな」いうたら

「よう　きてくれたのぅ」とはずんだ声
光が届かん真っ暗闇の目の中に
ぼくのどがぁな顔が浮かんどったん？
白髪《しらが》の老人？

「しょうぞう　の　よめ　の　しげみ　です　よ」
深い谷底へ確実に届けるように妻がいうと
「まぁまぁ　よう　きちゃんさったのう」
両手で妻の手を包んで涙声
どがぁな顔がにぎった手の先へあったん？
美人の少女？

はあ聞いても　どがぁしょうもなぁがねぇ

あん時　歌ぁうとうてくれたよねぇ

南伊予小学校の校歌だちゅぅて

百年前に四国の愛媛に生まれ
海ぅ渡って石見ぃきて
五反百姓の大工の嫁さんになって
六人の子どもぅ産んで育てた

九十年前の校歌が昨日《きのう》歌うとったように
出てきたけぇ　たまげたでね
去年のことでも思い出せんことがあるちゅぅのに

学びの庭に仰ぎ見る
行同山《ぎょうどうざん》の深みどり
御空にそそる山の上に
登らん道は険しくも
誠の力振り起こし

学びの技を一筋に
いざや進まん我が友よ
互いに睦み励みつつ

作詞は森下校長だそうな
「行同山」は漢字をそのときに確認したけど
「御空」は　これでええんかいねぇ
美空ひばりの「美空」だったん？

「また来るけ」ちゅうて別れたけど
しもうたのぅ　曲ぅ録音しときゃよかった
今度また行ったとき　歌うてくれる？お母さん
なんぼぅ聞いても　どがぁしょうもなぁがねぇ
はあ　どこんにも　おりんさらんだけぇ

古井戸の鮠《はや》

生家の裏に柿の大木がそびえ
その下に深い井戸があった

水源は川の上流の深い森だ　と
父が言ったことがある

水底《みなそこ》の白い砂や小石が澄んだ水を湛え
洪水の時にも濁ることはなく
近所の人たちが水をもらいにきた

子どもの時　川で釣った鮠を井戸へ放した

見下ろすと小石の間でじっとしていた
ミミズや青虫を落してやった

あるとき　泳ぎ回る鮠を見つけて
激しく父が怒った
「井戸は　魚を飼うところじゃない！」

取り出すこともできず
そのままにしておいたら　細くなっていった
透明な水の底で　背中に白い傷が見えた

ぼくはふるさとを出た
わら屋根の生家も壊された

何十年もたつのに　ふと
古井戸の鮠が気になることがある

優しさを紙に乗せて

「ひとりで読んでね」
小声でささやき　手渡された四つ折りの紙
赤　紫　緑　青　茶色のマジックで書かれた
色鮮やかな　ひらがなの大行列

「いつもいつもいつもありがとうございます
どんなかべものりこえ　どんなきびしいしごとも
のりこえて、みちをすすんでくださいね」

何ごとも平等でなければ　即座に爆発する

妹のカホちゃんも　四つ折りの紙を持ってくる
「だれにも　みせちゃいけんよ」

みんなに背を向けて開いてみると
「だいだ　いだ　いす　きおじちゃん」

自主独立を貫いた　個性豊かなひらがなたちが
白い大地を自由に走り　寝転び　坐り　踊り
空には耳と目と足がない巨大な顔が飛んでいる
（どうやら　ぼくらしい）

「お手紙書き」が保育所で流行《はや》っているらしい
友達にも先生にも料理をする人にも
みんなで競って書いているらしい

優しい思いを記号や絵に込めれば
ことばに乗って返ってくる　優しい心や希望や勇気
立ち上がってくる新しい世界

　ぼくのみちに　そびえるかべ
　のりこえていく　さいごのきびしいしごと

どんな言葉で
お礼の手紙を返したらいいだろう

おまえたちには見えない
高い高い壁が　すぐ目の前に見える

V

エッセイ

詩とは何かを求める長い思索の旅

1　詩とは何か、詩の魅力

「小説とは何か」という問題は滅多に議論にならないが、演劇と詩は、何故かよく俎上に上り議論になり、詩論や演劇論の本も多い。特に詩は、自由で空気のように漠然としていて正体が摑めず、受け止め方も千差万別、なんでもありーという点で演劇とは共通点が多いからかも知れない。

「劇は激、対立」「それぞれの関係性」「観客の想像に依拠」「象徴性」「リアリティ」「感動」「共感」「発見」「空間」「沈黙」「リズム、テンポ」「説明不要」「物語性」「笑い」「結論を押し付けない」等々は演劇の特性だろう。

演劇の場合は、これらの事柄を台本で試み、練習段階で試行錯誤して完成し、本番ではその場で反応がはね返ってくる。

しかし、詩の場合は「そうだ」と思っても、それを自分の「詩の書き方」に生かすのは簡単ではない。

理由は様々あると思うが、現在の詩が、詩人の間だけで読まれ批評されているという閉塞性も大いに関係していると思える。

詩集でも詩人以外の作家や評論家、一般の人に批評してもらったら面白いだろうが、そういう例は最近ではほとんどない。一般の人が読者なら、どんな詩がいい詩か、という基準が違ってくるだろう。

「感動のある詩」「分かる詩」「面白い詩」「生きる指針を示してくれる詩」などが、評価されるかもしれない。

しかし、詩人の一部からは反撃が待っている。「詩は感動ではない」「詩は感じるもので理解するものではない」「詩は批評である」「意味を伝えるのが詩ではない」「詩は象徴である」「物語は詩ではない」「体験を書くのが詩ではない」

では、どんな書き方をすればいいのか、と問われると、「詩の表現は様々である」という最後の正解が待っている。ノレンに腕押し。結局、自分の足で一人、詩の旅に出るしかない。

次の文章は、島根出身の詩人、入沢康夫氏が二〇一四年に山陰中央新報に寄稿された「詩の魅力」からの部分引用である。

「意味の伝達を主目的とするのではなくて、むしろ『意味』さえも詩の構築における『手段』として使いこなし、魅惑的な詩句を練り上げ、鍛え上げていくところに、詩人の真の闘いの場がある。」

「私的な感懐や心情の吐露や思想的独白の記録（それだけでは詩ではない）にとどまらせず、さらに大きく深い魅惑に満ちた詩作品に仕立てようとする野心をもつこと」

「詩の役割の核心は、作者の心境、感想などの個人的あるいは日常的事実を述べ伝えることではなくて、事実を超えた事実をもって、感動を読者の心に生み出すところにあるのだから」

至言だと思い、そうだ！、と感銘を受け、指針となっても、すぐそのような詩が書けるわけではない。

ノレンを押して、自分の足で、一人、求めていくしかない。その先にまたノレンがあるかもしれないが、もう、「詩は様々である」などと他人事のように言っている余裕はない。

2　個別性と普遍性

詩を書く時、「私」の問題は厄介である。自分の思いを素直に書く場合は別だが、普通は普遍性や客観性、先駆性を意識して書く。そのために個別的な「私性」は消される。完全に消し去って、感動や共感がある普遍的な作品が生まれれば最高だが、一般的には、抽象的、観念的で難解な共感性のない独善的な作品になる可能性が高い。個である独自の「私」と客観性、普遍性との関係は大きな課題である。

小説や脚本では複数の人物を設定して、その人物たちに分散して「私」を投影することができる。主人公が殺人を犯しても、作者の私が仕組んだフィクションで、私は、客観的な第三者として高笑いをしていてもいい。私は、設計者、演出者として、総合的、最終的に責任を取ればいい。

しかし、叙事詩を別にすれば、普通の詩ではそういうわけにはいかない。詩は純粋な私性を反映するものと考えられているし、詩に託された純粋な期待や背負ってきた長い歴史がある。

客観性や象徴性、普遍性は最重視したい。同時に、個別性、地域性、時代性、記録性、感動、発見、夢、希望、喜び、家族、友人、挫折等々、私固有のものも大切にしたい。

地域や私という個から生まれても、時代を超えて多くの人たちに共感される普遍的な作品を創りたい。それは小説でも劇でも音楽でも創作に関わる人たちの願望だろう。

困難なことは百も承知の上だが、自分に出来る道を求めていかざるを得ない。そんな模索状態にあったとき、「現代詩手帖」二〇一七年九月号で福間健二氏と荒川洋治氏の対談を読んでいて、次のような荒川氏の言葉に出会った。

「一篇の詩として発表しても、ぼくのなかではもう詩を書いたという意識はあまりないんですね。俳句や短歌、小説なんかと同じひとつの文学作品を書いている。そういってもわかってくれない人も多いけど、そういうものとして書く以上、楽しんでもらう部分も必要だし、物語のなかを流れていくような気持ちになってもらうことも必要。小説的な要素もあり、戯曲的な要素もあり、エッセイ的な展開も、短詩型のリズムも、一篇の詩のなかで生かしてみたい。それらを溶け込ませて書いていくということです。ある種の総合性をめざすという作り方です。とにかく文学のいろいろな構成要素を活用したい。詩のかたちはしているけども、ひとつの文学作品であるという提出の仕方ですね。それをも目標のひとつにしている」

この言葉を読んで、霧の先にぼんやりと見えていたぼくと詩の関係がすっきりと浮かび上がってきた。

「文学のいろいろな構成要素」とは何か。説明するためには何冊もの本が必要なくらい奥が深く単純ではない。

しかし、ある時期から、「文学のいろいろな構成要素」や「演劇のいろいろな構成要素」を無意識に活用していた気がする。だから荒川さんの言葉に出会って、すっきりしたのだろう。これを活かせば詩の中の「私」の問題もかなり処理しやすくなる気がする。

3　詩がいつの間にか外にある

二十代後半に、誘われて「石見詩人」へ入り、詩を書きはじめた頃、「詩は内発的なモチーフや感性から、自発的に生まれるもの」だった。意識して外部に素材を捜さなくても、内面から、ひらめいてくるものがあった。

しかし内面の泉は、いつまでも、こんこんと湧きつづけるとは限らない。気がつかないうちにいつの間にか枯渇へ近づいている。

内的なモチベーションがないのに、どうして詩が書けるのか。内面を突き上げてくるものがないのに書いた詩など、根のない樹木だ、という気がして、高い壁の前で立ちすくんでいた時期があった。

高知の詩人、片岡文雄さんの詩集を読み、読後感を書いて送ったことがある。思わぬことに返事がきた。太い万年筆で書かれたハガキである。そこに、「もう感性や情念で詩が書ける歳ではありませんので」という言葉があった。

率直な言葉に感動した。同時に、差し掛かっていた峠の前方と後方の風景が一度に見えてきた。地面ばかり見て登っていたから、周りの風景が見えていなかったのだろう。

同じ頃、松江の田村のり子さんから詩集が届いた。封を切ると『竹島』とある。

「こんな素材が詩になるのか」と一瞬思った。

しかし、読んでみると正に詩だった。ありふれた日常身辺詩より、はるかに重みがあり、歴史に耐え、普遍性があり、知的ユーモアがあり、おもしろかった。田村さんには、竹島を詩にする深い内的動機があったのだ。早世されたご主人が生前に執筆された『島根県竹島の新研究』が復刻され、この歴史的文献に、歴史とドラマ、人間の営為の可憐さ、したたかさ、愚かさなど詩的興味を覚えたという。何よりもそれを詩に昇華する力量を田村さんは持っていた。

平成十二年の「しまね文芸フェスタ」は大田市で開催し、講師には中村不二夫さんを招いた。中村さんは講演の中で、「歳をとると感性で詩は書けなくなるが、認識力は深まっていく」と言われた。その言葉はストンと胸の底へ落ちた。先輩詩人は、当然そんなことはわかって詩を書いていたのだ。

岡山の岡隆夫さんの詩集『二億年のイネ』を読んだときには、稲だけを素材に詩集ができる知的エネルギーと創造力に驚いた。

詩の素材を、私的な経験や内的動機だけに頼っている限り、いつか限界がくる。母を失えば一冊の詩集はできる。恋をし、失恋すると数十篇の詩はできる。しかし母と何度も死別はできない。失恋は何回でもできるが、同じ素材で同じレベルの詩を何度も書くのは、創作者には自殺行為に等しい。

4　現代詩と詩の多様性

歳とともに感性は衰える。そして感覚や情緒や情念より、客観的な事実に意味を見いだすようになる。インスピレーションや直感は大切にしながら、詩とは何か、という理解や認識、技法、方法論も変化し、深化していかないと行き詰まる。

「石見銀山の詩」「地名考」「人物詩」などは、客観的、歴史的事実が素材であり、一般の人にも理解できる共通基盤がある。詩人には、「外部に存在する素材に、如何にして詩の命を吹き込むか」という作業である。小説や脚本を書く場合や歌題を与えられて作る俳句や短歌の作業に似ている。

「山陰詩人」の松田勇さんが逝去されたとき、同人の田村さんと川辺さんが、心に沁みる詩を書かれた。外的素材でも、内的モチベーションも溢れるほどあったからだ。こういう詩は、他の人には書けない独自性、一回性の重さがあり、時がたっても意義や価値は消えない。

石見銀山の代官・井戸平左衛門は、いも代官として、石見地方では敬われている。彼は岡山の笠岡市で亡くなり、大田市と姉妹都市を結んでいる。その十周年記念に平左衛門の詩を頼まれたことがある。生演奏を背景に、地元テレビの元アナウンサー、柴田瞳子さんが朗読し、大勢の人が耳を傾けた。

歴史的な出来事や人物を詩にすると、共通基盤があるから読者にも入って行きやすい。そんな詩がもっとあってもいい気がする。本以外の伝達も必要だ。

現代詩は難しくて分からない、といわれて久しい。確かに、詩は一般の人たちから遊離してしまった。読む人が少ないから詩集は売れない。売れないから書店は置かない。悪循環して痩せ細っていき、「詩の読者は詩人」が現状である。贈呈し合い、詩人を対象に詩を書く。詩は専門的になり難解になる。独創性を追求して特殊な言語や難解なメタファーを多用する。分かる詩は底が浅いから、詩人は、難解な奥の深い詩を評価する。いつの間にか「現代詩は分からない」という先入観が一般の人に定着してしまった。

戦後の昭和の一時期、詩は、混迷した精神を純化、解放し、心に安らぎや豊かさ、指針を与えてくれる存在だった。社会的にも闇夜の灯台的な存在で、文芸誌や文集でも詩人の詩でよく巻頭を飾った。詩は春の時代だった。

しかし世界的な情報化時代に突入し、多種多様なメディアの発達による社会的な変化で、詩の世界は冬の時代に置かれてしまった。視点を変えれば、世の中に「詩らしきもの」があふれ、本来の詩は拡散状態になった。

「コピーライターによる文学風な言葉の乗っ取りや乱発で詩は読まれなくなった」（アーサー・ビナード氏、中四国詩人会山口大会講演）「宣伝、広告に詩のような言葉があふれ、毎日そういう言葉を聞いている。詩は拡散してファッションとか広告に征服されている」（谷川俊太郎氏、しまね文芸フェスタ２０１６対談）。

第一線で活躍している詩人の言葉である。詩にとって厳しい時代だからこそ、「詩とは何か」「詩による表現とは」と考えざるを得ない。今ぼくが考えている詩は、「分かる言葉で心に響く詩」である。悲しみ、怒り、喜び、感動、希望、励まし、心の機微、発見、ユーモア、訴え、批判などは心に届く人間共通のものである。

しかし、どのように伝えるか。旅は終わらない。

あとがき

峠に立ち道を振り返ると、歩いていた時には見えなかった曲がり角があちこちに見える。認識の曲がり角とでもいうのだろうか。

二十代で詩集『キャンパスの木陰へ』、三十代で『ひばりよ 大地で休め』、四十代では『青春のシルエット』の予定だったが、多忙や様々な事情で実現せず、四十年ぶりの詩集になった。

長いスパンの多様で数多い作品から四十四篇を選ぶのは楽ではなかった。作品の一回性は優先すべきだが、手を入れた作品が多い。作品は主に次の詩誌、アンソロジー、会報などに発表したものである。

「石見詩人」「島根年刊詩集」「島根文藝」「中四国詩人集」「詩と思想」「詩と思想詩人集」「日本現代詩選」（日本詩人クラブ）「年刊現代詩集」（芸風書院）「現代生活語詩集」（竹林館）「現代日本生活語詩集」（澪標）「きれんげ」（大田市文化協会会報）。

巻末のエッセイ「詩とは何かを求める長い思索の旅」は、「石見詩人」「島根県詩人連合会報」「きれんげ」に書いたものを一部カット、一部追加して掲載した。

二〇一六年の「しまね文芸フェスタ」で島根県詩人連合は谷川俊太郎さんを招き、舞台で対談。その中で、「詩に対して常に疑問があり『詩とは何か』と考えながら書いてきた」という言葉があり、やはり詩とはそういうものなんだ、と妙に納得した覚えがある。この散文は「詩とは何か」と考えつづけてきた思索の足跡である。ぼくには詩と表裏一体のものである。

挿画は、長年「ふるさと」を描いている北雅行氏の石見《いわみ》を中心に山陰地方の風物を素材にした版画である。表紙は仁摩町の龍巌山《りゅうごんざん》。頂上に石見城があり銀山争奪戦拠点の一つだった。氏は美術教師、邇摩高校で三十代を共に過ごした。「人生は邂逅《かいこう》なり」と言った賢人がいたが、出会いに感謝し、快く作品を使わせて頂いたことにお礼を申し上げたい。詩集の予期しないところで、素敵な造形の版画から立ち上がるイメージを楽しんで頂けたら、と思う。

詩集制作に当たって、佐相憲一氏には度重なる難題にも我がことのように対応し尽力して頂いた。社主、鈴木比佐雄氏の支援ともどもお二人にお礼を申し上げたい。また、これまでに、いろいろな場で出会い、お世話になった人たちへも感謝の気持ちを伝えたい。この詩集は、その人たちへのぼくのレポートでもある。

やがて平成はおわり、昭和はさらに遠くなる。そこは祖父や祖母、父や母や姉や兄弟が賑やかに暮らしていたところ。二度と会えない懐かしい人たちがいたところ。ぼくの青春があったところ。この曲がり角から見えるかけがえのない風景である。

二〇一八年　秋　洲浜昌三

著者略歴

洲浜　昌三（すはま　しょうぞう）

1940年　島根県邑智郡邑南町（旧瑞穂町）生まれ
早稲田大学教育学部英語英文科卒
旧県立益田工業　邇摩　旧川本　大田各高校歴任
〈所属等〉旧「文芸首都」、旧「日本海文学」、「石見詩人」、「山陰文藝」、季刊「高校演劇」、島根県詩人連合（理事長）、中四国詩人会（理事）、日本詩人クラブ、大田市演劇サークル 劇研「空」（代表）、島根県文芸協会（理事）、大田市文化協会（理事）、全国（中国・島根）高校演劇協議会（顧問）、日本劇作家協会
〈主な著作〉詩集『キャンパスの木陰へ』（1970 石見詩人社）、詩集『ひばりよ 大地で休め』（1978 石見詩人社）、脚本『洲浜昌三脚本集』（1989 門土社総合出版）、『劇作百花』（2、3 巻 門土社総合出版）、『邇摩高校 60 年史』『川本高校 70 年史』『人物しまね文学館』（以上共著）
〈現住所〉〒 694-0021 島根県大田市久利町行恒 397　TEL 0854-82-3040
E-mail : suhama3@gmail.com

石炭袋

洲浜昌三詩集『春の残像』

2018 年 12 月 13 日初版発行
著　者　洲浜　昌三
編　集　佐相　憲一
発行者　鈴木比佐雄
発行所　株式会社 コールサック社
〒 173-0004　東京都板橋区板橋 2-63-4-209
電話 03-5944-3258　FAX 03-5944-3238
suzuki@coal-sack.com　http://www.coal-sack.com
郵便振替　00180-4-741802
印刷管理　（株）コールサック社　制作部

＊装画　北 雅行　　＊装丁　奥川はるみ

落丁本・乱丁本はお取り替えいたします。
ISBN978-4-86435-370-0　C1092　￥1500E